Peter Pan

Bilingual
Fairy Tales
ENGLISH | SPANISH

retold by Carol Ottolenghi
illustrated by Shelly Brant

Educational Media

Published by Rourke Educational Media | rourkeeducationalmedia.com

Library of Congress PCN Data
Peter Pan
ISBN 978-1-64369-003-2 (hard cover) (alk. paper)
ISBN 978-1-64369-020-9 (soft cover)
ISBN 978-1-64369-167-1 (e-Book)
Library of Congress Control Number: 2018955754
Printed in the United States of America

Long ago, the Darling family lived in London. Every night, Mrs. Darling told her three children, Wendy, John, and Michael, exciting stories about an island with pirates and Indians. Sometimes, she felt as if someone else was listening to her stories. One night, she saw him!

Hace mucho tiempo, vivía en Londres la familia Darling. Todas las noches, la señora Darling contaba a sus tres hijos – Wendy, John y Michael– cuentos emocionantes sobre una isla de piratas e indios. A veces, sentía que alguien más estaba escuchando sus cuentos. ¡Y una noche lo vio!

Mrs. Darling laid a trap to catch the sneaky listener. She did not catch him, but she did catch his shadow! She showed it to her husband, Mr. Darling.

"Very good, my dear," he said. "It must have been a burglar. Well, he won't be back. You scared him off."

La señora Darling tendió una trampa para pillar al que se escondía para escuchar. No pudo pillarlo, ¡pero a su sombra, sí! Se la mostró a su esposo, el señor Darling.

—Muy bien, querida —dijo él—. Debe haber sido un ladrón. Bueno, no volverá.

Lo asustaste.

Two nights later, Mr. and Mrs. Darling went to a party.

"Oh, Mother!" said Wendy. "You look beautiful. When may I wear a dress like that?"

"You may wear one when you are all grown up," said Mrs. Darling. "Just don't grow up too fast." Then, she and Mr. Darling kissed their children and left.

Dos noches después, el señor y la señora Darling iban a una fiesta.

¡Ay, mamá! —dijo Wendy—. Estás hermosa. ¿Cuándo podré ponerme un vestido como ese?

—Podrás hacerlo cuando seas mayor —dijo la señora Darling—. Pero no crezcas demasiado rápido.

Luego ella y el señor Darling besaron a sus hijos y se fueron.

Later that night, Wendy heard someone crying. It wasn't her brother John. It wasn't her brother Michael. It was a boy she had never seen before!

"Why are you crying?" Wendy asked the boy.

"My shadow won't stay on anymore!" cried the boy.

"Well, I can sew your shadow to your feet," said Wendy. "But first, tell me who you are."

Más tarde, esa noche, Wendy oyó que alguien lloraba. No era su hermano John. No era su hermano Michael. ¡Era un niño que ella nunca había visto antes!

—Niño, ¿por qué lloras? —preguntó Wendy.

—¡Mi sombra ya no estará más conmigo! —dijo lamentándose el niño.

—Bueno, yo puedo coserte la sombra a los pies —dijo Wendy—. Pero primero dime quién eres.

"I am Peter Pan!" said the boy.

Wendy finished sewing on the shadow, and Peter Pan leapt to his feet. "Thank you!" he said. "I flew here. As a reward for helping me, you and your brothers can fly with me to Neverland."

—¡Soy Peter Pan! —dijo el niño.

Wendy terminó de coserle la sombra y, de un salto, Peter Pan se puso de pie.

—¡Gracias! —dijo él—. Yo vine volando. Como premio por ayudarme, tú y tus hermanos pueden volar conmigo al país de Nunca Jamás.

He sprinkled Wendy, John, and Michael with fairy dust from his friend Tinker Bell. And what do you know? They could fly!

Salpicó a Wendy, a John y a Michael con el polvo de hadas de su amiga Campanita. ¿Y saben una cosa? ¡Pudieron volar!

As they flew high above the other houses, Wendy asked, "Why were you at our house, Peter?"

"I like to hear your mother's stories," said Peter. "Do you know any stories?"

"Of course," said Wendy.

"Then, you can be Mother to the Lost Boys and tell us stories. Look," Peter pointed, "Neverland!"

Mientras volaban por encima de las otras casas, Wendy preguntó:

—¿Por qué estabas en nuestra casa, Peter?

—Me gusta escuchar los cuentos de tu madre —dijo Peter—. ¿Sabes tú algún cuento?

—Por supuesto —contestó Wendy.

—Entonces puedes ser la Madre de los Niños Perdidos y contarnos cuentos. ¡Miren! —señaló Peter—. ¡El país de Nunca Jamás!

Tinker Bell felt jealous. "Peter is my friend," she said to herself. "Not Wendy's."

Tinker Bell told the Lost Boys that Wendy was a giant bird. "Peter wants you to shoot it down with arrows," she said. So, the Lost Boys knocked Wendy out of the sky.

Campanita se puso celosa. "Peter es mi amigo —se dijo—. No el de Wendy".

Campanita dijo a los Niños Perdidos que Wendy era un pájaro gigante.

—Peter quiere que lo derriben con flechas —dijo ella.

Así que, los Niños Perdidos hicieron caer a Wendy del cielo.

But Peter was furious! "This girl was going to be our mother and tell us stories," he told them. The Lost Boys felt bad. They built Wendy a house to stay in.

When Wendy was feeling better, they all set off to rescue Tiger Lily, the Indian princess, who had been captured by pirates.

¡Pero Peter se puso furioso!

—Esta niña iba a ser nuestra madre e iba a contarnos cuentos —les dijo.

Los Niños Perdidos se sintieron muy mal. Construyeron una casa donde Wendy podía quedarse.

Cuando Wendy ya se sentía mejor, todos fueron a rescatar a Tigrita, la princesa india que habían capturado los piratas.

The captain of the pirates was Captain Hook. He hated the Lost Boys, Peter Pan, and crocodiles. Long ago, he had been holding a clock when a crocodile jumped out of the water and bit off his hand. Now, Captain Hook had a hook for a hand, and the crocodile sounded like *tick-tock, tick-tock*!

While Peter and Hook fought, Wendy and the Lost Boys rescued Tiger Lily. Captain Hook slashed Peter with his hook before Peter could get away.

El capitán de los piratas se llamaba capitán Garfio. Odiaba a los Niños Perdidos, a Peter Pan y a los cocodrilos. Hace mucho tiempo, tenía un reloj en la mano cuando un cocodrilo saltó del agua y de un solo bocado se la devoró. ¡Ahora el capitán Garfio tenía un garfio en lugar de mano y al cocodrilo se lo oía hacer *tic-tac, tic-tac*!

Mientras Peter y Garfio luchaban, Wendy y los Niños Perdidos rescataron a Tigrita. Antes de que Peter pudiera escaparse, el capitán Garfio le dio un cuchillazo.

Life at Neverland was exciting, but John and Michael were homesick. "We miss Mother and Father," they told Wendy.

La vida en el país de Nunca Jamás era emocionante, pero John y Michael echaban de menos su casa.
—Extrañamos a mamá y a papá —dijeron a Wendy.

"We are going home, and the Lost Boys are coming with us," Wendy told Peter. "You may come, too."

—Nos vamos a casa y los Niños Perdidos vienen con nosotros —dijo Wendy a Peter—. Tú también puedes venir.

"No!" Peter yelled. "I would have to grow up!"

Wendy gave Peter some medicine. "This will make your cut better. Make sure you take it."

—¡No! —gritó Peter—. ¡Tendría que crecer!
Wendy le dio un medicamento.
—Esto mejorará tu herida. No te olvides de tomarlo.

Wendy and the boys left, but they did not get far! The pirates captured them one by one as they climbed out of the tree house.

"Take them to the ship!" Captain Hook told the other pirates.

Then, Captain Hook snuck into the tree house and poured poison into Peter's medicine!

Wendy y los niños se fueron, pero no llegaron muy lejos. Los piratas los capturaron uno por uno a medida que salían de la casa del árbol.

—¡Llévenlos al barco! —dijo el capitán Garfio a los demás piratas.

¡Después, el capitán Garfio entró disimuladamente en la casa del árbol y puso veneno en el medicamento de Peter!

"This will be wonderful," Captain Hook told Wendy. "The boys shall be pirates, and you shall be our mother."

"Never!" Wendy yelled. "Peter Pan will rescue us."

"No, he won't," said Captain Hook. "I poisoned his medicine. Very soon, Peter Pan will be dead!"

Tinker Bell heard this. "I must warn Peter!" she said to herself.

—Esto será maravilloso —dijo el capitán Garfio a Wendy—. Los niños serán piratas y tú serás nuestra madre.

¡Nunca! —gritó Wendy—. Peter Pan nos rescatará.

—No, no lo hará —dijo el capitán Garfio—. Envené su medicamento. ¡Muy pronto Peter Pan morirá!

Campanita lo oyó. "¡Debo advertir a Peter!" —se dijo.

Tinker Bell sped to the tree house. She broke the medicine bottle and told Peter what was happening. "We must rescue them!" Peter cried.

Campanita se dirigió a la casa del árbol a toda velocidad. Rompió el frasco del medicamento y le contó a Peter lo que estaba ocurriendo.

—¡Debemos rescatarlos! —exclamó Peter.

But Captain Hook was very angry at Wendy and the boys. "If you will not be our mother and tell us stories, then the boys must walk the plank!" he said.

Suddenly, there was a loud *tick-tock, tick-tock.*

"No!" cried Captain Hook. "It is the crocodile. It has come back to eat the rest of me."

Pero el capitán Garfio estaba muy enojado con Wendy y los niños.

—Si no vas a ser nuestra madre y no nos vas a contar cuentos, ¡entonces los niños deberán caminar por la tabla! —dijo.

De repente, se oyó un fuerte *tic-tac, tic-tac.*

—¡No! —gritó el capitán Garfio—. Es el cocodrilo. Ha Regresado a comerse lo que queda de mí.

"I hope the crocodile is hungry!" cried Peter Pan, as he jumped onto the deck.

Tinker Bell sprinkled the other pirates with fairy dust. They floated into the air and could not help their captain.

Peter Pan and Captain Hook wrestled back and forth. Finally, Peter gave a huge push...and pushed Hook overboard!

—¡Espero que el cocodrilo esté hambriento! —gritó Peter Pan mientras saltaba a la cubierta.

Campanita salpicó a los demás piratas con polvo de hadas. Ellos empezaron a flotar en el aire y no pudieron ayudar a su capitán.

Peter Pan y el capitán Garfio forcejearon de aquí para allá. Finalmente, Peter dio un fuerte empujón y... ¡arrojó a Garfio por la borda!

Peter and Tinker Bell took Wendy, John, Michael, and all of the Lost Boys to the Darlings' home.

"We are glad you came back," cried Mrs. Darling. "We missed you so much."

"May the Lost Boys stay with us?" Wendy asked.

"Of course," said Mr. Darling.

Peter never came to stay with them. But sometimes he would visit…

Peter y Campanita llevaron a Wendy, a John, a Michael y a
todos los Niños Perdidos a casa de los Darling.

—¡Estamos tan felices de que hayan vuelto! —exclamó la
señora Darling—. Los extrañamos mucho.

—¿Pueden quedarse con nosotros los Niños Perdidos? —
preguntó Wendy.

—Por supuesto —contestó la señora Darling.

Peter nunca vino a quedarse con ellos. Aunque, a veces,
los visitaba…

...when Mrs. Darling was telling stories.

...cuando la señora Darling contaba cuentos.